KB196374

나 홀로 미고랭

나 홀로 미고랭

하
수
미
  시
  조
  집

문학저널

오랫동안 미뤄두었던
숙제 하나 해결합니다.

남은 숙제 무엇일지
아직은 모르지만

그것은 아름다움을 찾는 여정이겠지요.

차례

시인의 말

1부

2부

3부

4부

1부

복기復棋하다

승패는 갈렸다 다시 펼친 바둑판
한눈에 스쳐온 길 두 눈으로 살피며
소낙비 다시 맞으려
되돌아 가는 길

후회 없는 지금이라 장담할 수 없어도
손가락 끝에 쥔 흑백의 돌 덕분에
큰 세상 두 번 돌았네
다시 또 돌고 있네

주왕산에 오르다

등 굽은 어제를 배낭에 짊어지고
용추계곡 오르다 물 한 모금 멈춰서니
아찔한 벼랑끝 너머
하늘이 잡힐 듯

스치던 옷자락들 이미 다 돌아가고
단풍잎 느릿하게 맑은 소沼 떠도는데
이뿌네 억수로 이뿌네
나만큼 이뿌네

수선 불가

밑창이 너덜거려 산 입구에서 돌아왔다

신발장에 오랫동안 고이 모셔 두었는데

이제야 미련인 걸 아네

44사이즈 청바지도

정기 배송

배달된 상자 속에 여남은 꽃봉오리
매일 두 번 물 갈고 사선으로 자르세요
설명서 필요하단 걸
이십 대엔 몰랐다

어느 틈에 배달된 이순耳順을 받아드네
다음 번 배송까지 잊지 않고 지금처럼
그때도 두 번 물을 갈고
가지 자를 수 있다면

날개

우리는 왜 그곳을 날갯죽지라 부를까
돋는 날개 확인하다 팔은 비명지르고

뒤로는 돌아보지 말고
위로는 더욱 더

너에겐 오십견 내겐 육십견으로
나부대던 긴 시간 그만하면 충분하다고

날개가 돋아난대도 날아가지 않으리

동대구역 환승 이유

수서에서 마산까지
한 번 갈아타는 행운

쏜살같이 사 오는뎬
십오 분이면 충분해

오늘도 옥수수빵으로
소환하는 그 시절

나 홀로 미고랭*

달콤할까 시큼할까 고민 없이 베어 문
한 입 먹고 뱉어낸들 그만큼 잊히고

빚처럼 무거운 생각
만다린이 털어낸다

눈길 가는 곳마다 발리는 온통 초록빛
혼자 듣는 닭울음 기꺼워질 그때쯤

가야지 꽃자리 그곳
한달음에 가야지

*인도네시아 전통요리의 하나인 볶음면

굴포스*

앞으로 나아갈 수도 뛰어넘을 수도 없는
굴포스, 그곳에서 걸음을 멈추면
멍하니 살아낸 시간 물안개에 젖는다

태양에 물들고 또 물든 지 수천 년
오지 않은 시간은 우리가 가야 할 길
저 멀리 황금빛 바다로 가고 있다 유유히

*gull(황금) foss(폭포), 아이슬란드에 있는 폭포

속초, 갯배

출근길 하이힐도 얼른 밧줄 당기고

퇴근길 넥타이도 천천히 쇠줄 당기고

누구나 사공이 되는 아바이마을 사람들

당근마켓

헐렁한 옷장엔 추억 몇 벌 걸리고
책꽂이 듬성듬성 감동 몇 권 남긴다
털어낸
어제의 잔재는
누군가의 오늘

타인의 손자국이 고스란히 찍혀 있는
등산용 스틱 한 짝 내 손에 전달된다
새것이 필요치 않아
넉넉한
나의 오늘

예물시계

짧고 긴 바늘이 여섯 시에 멈춰 있는
수동으로 감아야 작동하는 오메가
엄검지 앞뒤로 돌려 깨우는 오랜 잠

흠집 하나 없으면 엔틱도 비싸지만
색동저고리 입는다고 새색시 될 리 없어
하루면 사라질 그 꿈. 알고도 감는 태엽

부부

이불귀 마주 잡고
주름 펴다 티격태격

눈가 주름 늘어나고
이불 주름 펴지고

세월은 미어지는데
아무렴 초복쯤이야

그 집

해마다 피워내던 담벼락 덩굴장미
손때 묻을 새 없이 반질거리던 자개장
버릴 것 하나 없다던
깔롱진 옷 한가득

천리 길 마다 않고 한달음에 아들집
사소한 서운함에 돌아 나온 며느리집
보따리 잡던 손 뿌리치며
"내 집에 갈끼다"

등누인 그녀를 끝까지 안심시킨
횡해진 그집 야무지게 부서졌다
이제는 다시 못 볼 장미와 내 어머니,
눈물지다

2부

호들갑

뭇새 지저귐에 깨어나는 새벽 숲

삐죽삐죽 여린 순 놀라서 쫑긋쫑긋

봄이야 봄이 왔다구

떼창으로 따라하네

듄

손가락 사이로 흘러내린 시간 찾아
울렁임 참아가며 낙타 등에 올랐다
모래가 발목 휘감는
해질녘 사하라

듄으로 쌓인 시간 다시 담아 갈 거란
목적은 상실한 채 밤하늘 올려보며
별에게 목청 높여도
메아리 없는 사하라

탄천교에서

온몸으로 맞는 삭풍
휘우청거린 그때를

메마른 낙엽에 실어
난간 아래로 밀어낸다

누구도 알지 못하고
백로는 물살 가르고

나의 비키니

그 누구 시선도 마다 않는 반라의 금발
파도도 피해가는 부르키니 알라의 후예
몰디브 푸른 물빛은 사람을 가리지 않아

보면 안 되는 건 선글라스 너머 보고
듣지 말아야 할 건 이어폰 틈새로 듣다가
두 조각 비키니 걸치고 뛰어든 저 바다

마담 아이다

그 이름 들으면 무엇이 연상될까
황량한 공항에서 우리를 기다려 준

그녀를 아직도 기억하네
정결한 아이다

아스완댐 물빛처럼 청아한 눈을 가진
수몰된 이시스 신전 고고한 여사제 같은

누군가 목청 높여 부른
그녀가 여기에 있네

역사는 지워지고 신전은 부서져도
이집선 가이드 된 에티오피아 공주

단 한 번 들어서 기억한
그 이름 마담 아이다

무심히

"매화가 피었네요"
말릴 새 없이 뚝 꺾는 손길

손등의 생채기
그냥 둘 걸 그냥 볼 걸

이 세상 거저 되는 일
어디에도 없다는데

도깨비불

불 환한 전시실에 젊은 미이라 누워 있다
무명천에 둘러싸여 세상 밖으로 나와
오로지 황금마스크로 기억되는 소년왕

상여가 향하던 어릴 적 뒷산 무덤가
도깨비불 나온다고 근처도 못갔는데
죽은 자 산 자 한 몸인 걸 알려주는 나일강

슈퍼문

지구를 움직여 살살 속살 감추고
지구를 움직여 살살 속살 드러내고
억만 년 반복한 의식
지치지 않는 저 달

지구 위에 사는 건 달에게 미안한 일
지구 위에 사는 건 달에게 고마운 일
이까짓 반백 년 세월
길지 않아 다행이다

매미

꼬투리 메마르자 툭 터지는 참깨처럼

기다려온 계절이 주저하지 못하게

동시에 첫숨 쏟아내 여름을 울린다

로봇청소기

버튼 누르면 제 맘대로 소란스레 오가다
버튼 누르고 내 맘대로 장난스레 말 걸어
불러도 들은 척 않고
일만 하는 노동자

이리 쿵 저리 쿵 길 막혀도 돌고 돌아
아팠네 상처 났네 불평 한 마디 없이
내일도 도돌이표 노동
당신을 위해서라면

진실게임

같은 상자 다른 무게
콩나물 한 봉 우유 한 통

작은 건 가볍고
큼지막한 건 무겁다는

그 추측
세월이 만든 오래된 착각일 뿐

상자에 가로막혀
두 눈은 먹먹하고

눈금 없는 손저울
무게만 가늠할 뿐

포장을 쭉 뜯어내야 드러나는
너의 민낯

봄맞이

동백꽃 숭어리
툭툭툭 떠나가고

진달래 꽃구두
통통통 걸어오고

아깽이 지 에미 잊고
가릉가릉 양지녘

3부

작약, 지다

카르멘, 그녀에게서 눈을 뗄 수 없다

하바네라, 부르다 절정에 오른 다홍

일순간

칼끝에 찔려 스러지는 저 꽃잎

거울과 여배우

한때 다혜*였지만 장희빈**마저 버린 그녀
화면 속 등장에 빈정대다 얼굴 붉어져

거울이 진실을 외면한 건
내 눈의 착시일 뿐

이제야 드러난 숨겨지지 않는 주름
불편했던 진실을 비로소 마주한다

그녀와 난 동갑내기
깨달음이 고맙다

*최인호 소설 원작 영화 〈겨울나그네〉(1986년) 여주인
 공 배우 김미숙
**1981년 MBC 드라마 여인열전 중 장희빈

배관공사

온수가 터졌다 어디를 뚫어야 할지
장비를 동원해서 멀쩡한 타일 깨부순다

속내를 살피라는 말
귓전으로 흘렸지

대가는 혹독했어도 감쪽같이 봉합되고
아무 일 없었다는 듯 다시 붙여진 타일

단번에 다 드러나도
알고 싶잖다 그 속내

nomad의 잠꼬대

트렁크에 갇힌 시간 여기가 어디더라

잠결에도 하는 질문 여기가 어디더라

한 바퀴 돌아온 지구 여기가 어디더라

자동출입국심사대

다 키얀 늦둥이 새살림 내보내고

인자고마 다했다 싶어 뱅기 타러 갔더니

갸아가 지문 없다고 못 드가게 하더라

멕이고 씻기고 치우기를 평생 했제

모두가 그랬으니 티낼 일도 아이제

자식도 모르는 일을 갸는 우찌 알았을꼬

라이스 테라스*

가지런히 줄 세워진 벼포기 볼 때면
어김없이 떠오르는 아주 아주 오래된

"쌀 한 톨 버리지 말라"던,
외할머니 노동요

먹고 기도하고 사랑해도 되는 트갈랄랑
발리 스윙 즐기는 모두에게 놀이동산

할무이, 풍년이래요
입장료 내고 보는 다랑논

*인도네시아 발리섬에 있는 계단식 논

우리집 영순위

우리 지금 산책 갈까 웬 다정한 목소리?

현관에 먼저 나가 흔드는 저 꼬랑지

그렇군 그럼 그렇지

잠시 가슴 쿵 했잖아

사장님 한 말씀

묵직한 앞치마에 장화를 신은 채
뒤란에서 담배 피는 국밥집 여사장

길 가던 초로의 남자 흘깃하며
혀를 찬다

하늘로 올린 연기 고단함을 날려도
담배 끼운 손가락 퉁퉁 불어 하얗고

싫으면 딴 데서 잡슈
두 말도 귀찮다

한 장 더 주세요

새로 차린 운동센타 코로나에 망할라
덩치 좋은 젊은 관장 길 위로 나섰다
공손히 부탁하는 손엔
피트니스 전단지

어둠은 짙어지고 귀가 걸음 빨라지고
백지장도 맞들면 조금은 위로 될까
손사래 얼른 거두고
손을 쭉 내민다

사과 서리

부석사 오르는 길
사과가 주렁주렁

딱 한 개 따고 싶어
두리번거리다가 헉!

보살님 합장 인사에
내 손도 따라하고

일 분 철학

물 한 잔 데우는 데 기다리는 시간 일 분
레인지 옆 토스터 그 옆에 커피메이커

너는 왜 동그랗게 생겼니
너는 왜 네모니

물어보고 답하고 상상하고도 남은 오십 초
언제 이렇게 진지해 본 적 있었나

차지도 뜨겁지도 않게
데워진 물 한 잔

도다리쑥국

친정 온 딸내미 그냥 보내면 서운하다고
손 이끌어 도착한 어시장 좌판가게

"어무이" 정겨운 말투에
어제 산 갈치 또 사고

쑥 한 줌은 덤이고 물 좋은 건 보나마나
광언지 도다린지 기억이 밀고 당기던

같이 한 봄날의 나들이
이젠 먼 아지랑이

4부

템페스트 3악장*

징후를 느꼈다 가느단 바람결이
푸른 잎 건드리며 귓가를 스친다
유리잔 부딪치는 소리
빗방울 톡 톡 톡

가차 없이 몰아치는 빗줄기와 바람을
버티려는 너조차 저항 없이 품는다
사랑은 막을 수 없지
가을은 막을 수 없지

요동치는 사랑은 너에게 내려앉아
가을을 남기고 느리게 돌아섰다
폭풍이 두고 간 흔적
디미누엔도** 그리움

*베토벤 피아노 소나타 No.17
**점점 여리게 (diminuendo) 음악용어

첫사랑

악보를 받아든 순간 흔들리던 눈빛들
'나 홀로 저민다'* 노랫말에 젖어 들며

잠시 흡! 가둬 둔 들숨
날숨으로 들춰낸다

꺼내기 힘든 수줍음에 발그스레한 얼굴
지휘자 손끝 따라 울려 퍼지는 고백

파르르 떠는 드레스
알아채는 이 없고

*김효근 작사 작곡 〈첫사랑〉 가사의 일부

막바지

가을이 쏟아진다 기다리다 쏟아진다

주체할 길 없는 그 밤의 유성처럼

꿈인 양 사라질까봐

한 땀씩 깁는 바람

기지개

온종일 쉴 새 없이 동동거린 팔다리
이불 속에 밤새도록 푸우욱 담갔다가
두 팔을 쭉쭉 뻗으며
큰 숨 토해내는 일

봄이면 기다렸다는 듯 가지 끝 새순이
대지의 숨소리를 하늘로 전달하며
풍선에 공기 불 듯이
생명을 틔우는 일

도시 술꾼

시린 바다 살점을 냉큼 집는 젓가락

수산시장 내리는 비릿한 눈발에도

"겨울엔 모름지기 방어지"

계절도 마셔버린다

부부별곡夫婦別曲

푸들을 좋아하고 고양이를 싫어하고
트로트 부르고 힙합엔 어리둥절
그래도 당신과 나는
한집에서 살아요

보이는 건 못 보고 보이지 않는 건 보는
여기는 한겨울 거기는 한여름이죠
그래도 당신과 나는
한 우주서 살아요

리스본 동백

숨가쁘게 올라선 리스본 언덕길
벽돌지붕보다 더 붉은 낯익은 꽃송이

봄날은 가지에 매달려
가지도 못 했네

일곱 시간 시차만큼 늦게 온 햇살에
두고 온 시절은 그림자만큼 짧아지고

여행자 눈길 닿은 곳
빨간 동백
덩그렇다

새벽 운동

몸을 깨우는 덴 시간이 걸리고

마음을 부리는 덴 인내가 필요하다

눈밭 위 나 홀로 발자국

응원하는 가로등

배민

물 틀고 세제 묻혀 헹구고 또 헹구지
반복되는 일상의 연속 손바닥도 닳는다

'저녁엔 또 뭘 해 먹지'
마음이 먼저 차린다

"건강한 맛도 물려요" 효심 담긴 하소연
집밥이 최고라는 신념을 내려놓는다

초인종 반가운 소리
설거지 없는 한 끼

청개구리 울음

청풍호 기슭에 봉분 하나 덩그러니
푸른 물 넘실대면 금방이라도 닿을 듯

비 오면 목놓아 울어줄
후레자식 없는갑다

출렁이는 물결에 끄떡 않는 강선대 너머
후세에 누군가 그녀를 기렸다고

이제는 비 와도 울지 않을
두향지묘
저기 있네

플로리스트

아깝다고 모든 꽃 다 꽂을 순 없어요

군더더기 버리는 가차없는 손짓에

가시에 찔린 상처마다

환幻으로 피어난 꽃

피지 풍경

저 아빠도 아기만 이 엄마도 아기만
그에겐 그녀만 그녀도 그이만 본다

야자수 플루메리아
투명한 거 투성이

불라 불라* 반갑게 눈으로 하는 인사
서로만 바라보는 선글라스 두 여인

방해할 아무것도 없는
투명한 거 투성이

*bula : 안녕이란 뜻의 피지 인사말

동지冬至

긴 밤도 지나가지
타들어 가는 양초처럼

다 태우고도 남았네
촛농만큼 남았네

한 뼘쯤 길어질 햇살
혼자 기다리는 밤

해설

길의 詩學
−색동저고리에서 페미니즘까지

이형우

길의 詩學

― 색동저고리에서 페미니즘까지

이형우

1. 구조

하수미의 첫 시조집『나 홀로 미고랭』에는 총 50편이 실려 있다.[1부 13편, 2부 12편, 3부 12편, 4부 13편] 이 중에서 단시조가 18편[36%], 2수 연시조가 29편[58%], 3수 연시조가 2편, 4수 연시조가 1편이다. 4연 시조가 1편이다. 2수 연시조를 즐겨 쓰는 시인임을 알 수 있다. 여기서 한 발짝 더 다가서면 정격 시조 형식을 갖춘 작품은 단시조가 5편, 2수 연시조가 12편 총 17편[34%]이다. 하수미 시인은 변형 시조를 즐긴다는 결론에 다다른다. 그렇지만 변형 시조의 대부분도 종장 행갈이나, 종장 연구분 정도다. 다른 시인들의 복잡한 변형 구조와 비교하면 간명하다. 시조라는 틀에서 크게 벗어나지 않는다. 이는 현대시조라는 이름값을 하기 위함이고, 그러면서도 시조 본연의 모습을 지키려는 모순율이다. 시조계가 온통 그러하기에, 별생각 없이 파형破形을 따르면서도, 지나친 원심력은 본능적으로 경계한다. 그의 성품이 여과 없이 드러난다. 솔직담백한 삶의 귀결이 시조 형식으로 나타난다고 해도 과언이 아니다.

그러나, 모든 글쓰기에는 법칙이 있다. 그 법칙의 유형이 장르다. 정형시는 정해진 틀 안에서 자유로움을 구가하는 이중성을 지닌다. 오언시五言詩는 다섯 글자고, 칠언시七言詩는 일곱 글자다. 이 안에도 반드시 지켜야 하는 자리와 자유로운 자리가 있다. 시조도 마찬가지다. 고유의 시법詩法이 따로 있어 시조라 부른다. 이제 우리 시조가 추구해야 한 시대정신은 고유의 틀 복원이다. 진지했던 실험 정신을 접고, 시조 본연의 모습을 제대로 갖추려 노력해야 한다. 시조는 3장 6구가 전부라서 조사 하나 어미 하나 단어 하나에 따라 흐름이 달라진다. 한 글자가 잘못되면 한 문장[구]가 흐려지고, 한 구가 잘못되면 장章이 흔들리고, 장章이 흔들리면 글 전체가 막혀버린다. 터

럭만 한 차이가 천리千里를 가른다. 『나 홀로 미고랭
』도 근원적 고민을 떠 안아야 한다.

2. 시적 지향

　이 시집의 특징은 크게 5유형으로 나눌 수 있다.
첫째는 여행기다. 「도깨비불」, 「나 홀로 미고랭」, 「굴
포스」, 「듄」, 「나의 비키니」, 「마담 아이다」, 「작약,
지다」, 「노마드의 잠꼬대」, 「자동출입국심사대」, 「라
이스 테라스」, 「리스본 동백」, 「피지 풍경」 등 12편
이다. 둘째는 자화상이다. 「주왕산에 오르다」, 「수선
불가」, 「정기 배송」, 「날개」, 「동대구역 환승 이유」,
「당근마켓」, 「예물 시계」, 「탄천교에서」, 「거울과 여
배우」, 「무심히」, 「복기하다」, 「사과서리」, 「새벽운
동」, 「템페스트 3악장」, 「첫사랑」 등 15편이다. 셋째
는 가족 이야기다. 「부부」, 「부부별곡」, 「우리집 영
순위」, 「그 집」, 「도다리쑥국」 등 5편이다. 넷째는
세상 이야기다. 「속초, 갯배」, 「로봇청소기」, 「진실
게임」, 「배관공사」, 「사장님 한 말씀」, 「한 장 더 주
세요」, 「일 분 철학」, 「도시 술꾼」, 「배민」, 「두향지

묘」,「폴로리스트」 등 11편이다. 다섯째는 시공 이야기다.「호들갑」,「봄맞이」,「기지개」,「매미」,「막바지」,「동지」,「슈퍼문」 등 7편이다.

이들 작품을 통틀어 한 줄로 요약하면 '길의 시학詩學', '길 위의 이야기'다. 길은 여정旅程의 여정餘情이다. 여정旅程의 여정餘情은 몸이 녹은 정서다. 그 정서가 언어로 드러나면 몸시詩가 된다. 몸시詩는 관념을 모른다. 관념을 배제하기에 문학적 진정성을 추구한다. 체험에서 깨달은 바를 천지인天地人 삼재三才로 분화시킨다. 그것이 하늘길, 땅길, 사람길로 펼쳐진다. 하늘길은 보편성에 기대고, 땅길은 특수성에 기대고, 사람길은 주체성에 기댄다.

하늘길은 해외 여행을 통해 체득한 해방과 자율의 언행으로 드러난다. 편견과 구속에서 벗어난 존재적 자각을 담고 있다. 땅길은「속초, 갯배」처럼, 공동체의 삶을 부각한다. '하이힐'과 '넥타이'는 직장인 남녀의 은유이자 환유다. 여성이라 '밧줄'을 당기고 남성이라 '쇠줄'을 당긴다. 출근길'이라 '얼른' 당기고, '퇴근길'이라 '천천히' 당긴다. 퇴근 후는 남녀 모두가 사공이 된다. 이처럼 땅은 각기 다른 '아바이 마을'이 각립各立하여 이어져 있다. 사람길은「동대구역 환승 이유」그 자체다. 화자는 기다리는 15분 사이에 '쏜살같이' '옥수수빵'을 사 와서 먹었다. '옥수수빵'은 쉬어 가고, 에둘러 가는 삶의 상징이다. 그러나 지금은 환승역이 사라지는 시대다. 직행과 속도는 기다림이 불편하다. 그러나, 화자는 그 불편, 그 달음박질이 새삼 그립다. 기다림이 여유였다. 여유가 행복이었다.『나 홀로 미고랭』은 바깥을 보는 담담함과 안을 살피는 넉넉함이 길 위에서 펼쳐지고 있다.

3. 궁행(躬行), 반추(反芻)의 미학

> 승패는 갈렸다 다시 펼친 바둑판
> 한눈에 스쳐온 길 두 눈으로 살피며
> 소낙비 다시 맞으려
> 되돌아 가는 길
>
> —「복기하다」첫 수

복기(復碁·復棋)는 승패가 가려진 바둑을 다시 검토하는 과정이다. 처음부터 끝까지 두거나, 승부처가 된 부분에 집중하기도 한다. 화자는 그 바둑을 '후회 없는 지금이라 장담'은 못 하지만이라고 한다. 나름 최선은 다했다는 말이다. 그래도 그 과정을 다시 살피기 위해 수를 늘어놓는다. 같은 시행착오를 범하지 않기 위해서, 더 나은 다음 판을 위해서다. 승부욕으로 들끓었을 땐 '두 눈' 부릅뜨고 보아도 않았다. 끝나고 보니 '한 눈'으로도 기승전결이 다 보인다. 욕심이 시야를 흐렸다. 치열함이 허세를 낳았고 허세가 정수와 묘수에서 비켜나게 했다.

　인생이란 욕망과 절제가 흑돌 백돌이 되어 벌이는 바둑판이다. 또, 인생이란 도전[검은돌]과 응전[흰돌]의 연속이다. 매 순간 놓여 있는 선택과 그 결과에 따라 인생의 성패成敗가 결정된다. 옳든 그르든, 좋든 싫든, 이겼든 졌든 다 내 탓이다. 모든 책임은 내게 있고 칭송과 비판도 내게 있다. 그것을 확인하는 일이 '소낙비 다시 맞'기다. 한 번 산 세상 다시 살기다. '큰 세상 두 번 돌'기, '다시 또 돌'기다. 「복기하다」는 되새김하는 세계관이다. 반성과 성찰로 모색하는 대안이다. 그 목표는 '후회 없는 지금' 만들기다.

　　　징후를 느꼈다 가느단 바람결이
　　　푸른 잎 건드리며 귓가를 스친다

유리잔 부딪치는 소리
빗방울 톡 톡 톡

가차 없이 몰아치는 빗줄기와 바람을
버티려는 너조차 저항 없이 품는다
사랑은 막을 수 없지
가을은 막을 수 없지

요동치는 사랑은 너에게 내려앉아
가을을 남기고 느리게 돌아섰다
폭풍이 두고 간 흔적
디미누엔도 그리움

― 「템페스트 3악장」

사랑은 소리라는 징후로 온다. 처음엔 '가느단 바람결'이다. 그것이 '푸른잎 건드리며' 아무렇지 않은 듯 귓가를 스친다. 그런데 그 자극에 푸른잎 흔들리듯 미묘한 감정이 일어난다. 있는 듯 없는 듯한 무엇이 화자를 흔든다. 이렇게 사랑은 은은한 전조前兆로 온다. 또 사랑은 맑고 밝고 투명한 소리로 깊어진다. 너라는 유리잔[개체]과 나라는 유리잔[개체]이 소리로 만난다. 창 밖 '뚝뚝뚝' 빗방울 듣는 소리가 분위기를

고조한다. 소리의 세기는 사랑의 깊이와 비례한다. 그러나 유리잔 부딪치는 소리는 순간적이다. 또 유리잔은 깨지기 쉽다. 그래서 사랑은 조바심으로 쌓인다. 늘 찻잔 속의 태풍 storm in a teacup이다.

　'뚝뚝뚝' 내리던 날의 감미로움은 '가차 없이 몰아치는 빗줄기와 바람' 소리, 회오리로, 폭풍으로 뒤덮인다. 너와 나는 거기에 꼼짝없이 휩쓸린다. 열정과 격정의 폭음이 주위를 불태운다. 우여곡절 파란만장이 지난다. 화염방사기 같은 여름은 형형색색 사랑의 추억을 매단다. '요동치는 사랑'은 나름대로의 색깔로 물들어 처음처럼 가을바람에 살랑이다 사라져 간다. 사랑은 여름날의 '폭풍이 남기고 간 흔적'이다. '가을'이 '남기고 느리게 돌아'선 자취다. 빈 가지가 거세게 흔들린다. 그 바람 따라 사랑은 면면약존綿綿若存한다. 보일 듯이 보일 듯이 보이지 않지만, 여전히 있다. 담담하고 차분한 눈길 위로 그리움이 날린다. 그것이 '디미누엔도 그리움'이다. 사랑은 소리의 완급이고 강약이다. 소리로 와서 소리로 간다. 베토벤의 「템페스트 3악장」이다.

　격정이 끝난 자리엔 '온몸으로 맞는 삭풍'(「탄천교에서」)이 있고 '휘우청거린 그때'가 더 선연하다. 이

75

제는 보내는 일만 남았다. 화자는 그 사연을 '메마른 낙엽에 실어/난간 아래로 밀어낸다' 백로가 물살 가르는 내막을 모르듯이 '누구도 알지 못'하는 시공을 탄천교 물살에 띄워 보낸다. 그러고는 다시 「새벽 운동」을 한다. '몸을 깨우는덴 시간이 걸리고/마음을 부리는덴 인내가 필요하다'며 자신을 다그치고, '눈밭 위 나 홀로 발자국'을 남긴다. 그 모습을 가로등이 응원한다. 자기 위안 자기 정립은 자기 성찰로 이어진다.

밑창이 너덜거려 산 입구에서 돌아왔다

신발장에 오랫동안 고이 모셔 두었는데

이제야 미련인 걸 아네

44사이즈 청바지도
―「수선 불가」

헐렁한 옷장엔 추억 몇 벌 걸리고
책꽂이 듬성듬성 감동 몇 권 남긴다
털어낸

어제의 잔재는
누군가의 오늘

타인의 손자국이 고스란히 찍혀 있는
등산용 스틱 한 짝 내 손에 전달된다
새것이 필요치 않아
넉넉한
나의 오늘

— 「당근마켓」

　위의 시들은 애정과 집착, 자각과 해방을 노래한
다. '산 입구'는 과거[신발장]와 미래[등산]를 잇는 징
검다리다. 그러나 너덜거리는 밑창을 확인하는 순간
삼생三生의 인연은 분리된다. 예전에 입었던 '44 사
이즈 청바지'도 마찬가지다. 언젠가 다시 입을 그날
을 생각하며 옷장에 고이 모셨다. 이런 아쉬움은 「예
물시계」에서도 마찬가지다. 고풍스런 점에서 엔틱이
나 색동저고리가 같다 해도, 세월에 부침하는 모양새
는 상반된다. 과거는 명품이 되기도 하지만 거의가
폐품이다. 자괴감에, 멈춰 있는 오메가[예물 시계]를
만진다. 엄지 검지로 돌리며 그날을 복원한다. 그래
봤자 하루살이다. '어느 틈에 배달된 이순耳順'(「정기

배송」)을 본다. 이제는 '날개가 돋아난대도 날아가지
않'아야 (「날개」)하는 때임을 스스로 인정한다. 세월
은 애착을 집착으로 소중함을 덧없음으로 만든다.

　그러나, 「당근마켓」은 옛것에 생명을 부여한다.
비움과 소통으로 여유로움을 주는 매체도 바꾼다. 화
자는 소중한 '추억 몇 벌' 남기고 옷장을 다 비운다.
감동적인 몇 권 남기고 책장도 그런다. 그 빈 곳에 누
군가가 '털어낸 어제의 잔재'를 화자의 '오늘'로 맞는
다. 그것이 확대되어 누군가의 어제가 '누군가의 오
늘'로 이어지는 현실까지 그린다. '타인의 손자국이
고스란히 찍혀있는' 시공이 화자에게 건너온다. 내다
버려야 하는 '어제의 잔재'가 '넉넉한 나의 오늘'로 되
살아난다. 「예물시계」의 엔틱은 아니더라도 '헌 것'
은 나름대로의 추억과 가치를 유추하게 하면서 내 방
에 자리한다. 익숙한 것의 공동 소유는 '새것이' 주는
과시욕 소유욕과 거리두기다. 중고 시장은 경제성,
자원 재활용, 환경 보호, 즉시성과 간편함을 추구하
려는 심리가 작용한다. 신뢰성, 품질 보장, 사생활 등
의 문제를 내포하는 양면성을 지닌다. 그러나 화자는
「당근마켓」을 통해 과거를 재활용하려 하고, 추억을
공유하려 한다. 설렘보다는 담담함을, 흔들림보다는

겸허함을 추구하려 한다.

> 등 굽은 어제를 배낭에 짊어지고
> 용추계곡 오르다 물 한모금 멈춰서니
> 아찔한 벼랑끝 너머 하늘이 잡힐 듯하니
>
> 스치던 옷자락들 이미 다 돌아가고
> 느린 단풍잎 맑은 소(沼)를 떠도는데
> 이쁘네 억수로 이쁘네 나만큼 이쁘네
> —「주왕산에 오르다」

이 시조는 '과거—현재—미래'의 축으로 얽혀 있다. '과거'와 '현대'의 대비로 봐도 무방하다. '등 굽은 어제'는 지난 삶의 고단함이다. 그것을 짊어진 배낭은 과거와 현재의 공존이다. 화자는 '용추계곡' 가다가 잠깐 쉰다. 물 한 모금 먹기 위해서다. 돌아보니 벼랑 끝이 아찔하다. 저 너머에 잡힐 듯한 하늘이 보인다. 하늘은 미래의 시간이다. '아찔한 벼랑'은 위험하고 두렵다. 하지만 '잡힐 듯한 하늘'은 자유와 희망이다. 화자는 그 하늘에 무게를 더 둔다.「수선 불가」의 신발이 삼생三生을 단절시켰지만, 배낭은 이를 불연속의 연속으로 잇는다.

가을 주왕산은 옷자락이 스칠 정도로 단풍객이 많았다. 어느새 그들이 다 돌아갔다. 화자는 그들이 떠난 뒤에 하산한다. 맑은 연못이 보인다. 다가가니 단풍잎이 느릿느릿 물 위를 떠돈다. 예쁘다. '둥굽은 어제'를 잘 견딘 화자의 얼굴 같다. 그래서 감탄을 연발한다. '이쁘다 억수로 이쁘다, 나만큼 이쁘다'고. 나르시스가 부활했다. 그러나 고행을 극복했다는 점에서 나르시스의 자아도취와는 결이 다르다. 이처럼 하수미 시조를 관통하는 한 단어는 '복기復碁'다. 「주왕산에 오르다」에서도 지난 삶을 되짚어 본다. 이만하면 이쁘다고 자평한다. 복기復碁 수담手談이 맑고 시원하고 경쾌하다.

4. 동행, 배려의 미학

푸들을 좋아하고 고양이를 싫어하고
트로트 부르고 힙합엔 어리둥절
그래도 당신과 나는
한집에서 살아요
　　　　－「부부별곡 夫婦別曲」 첫 수

이불귀 마주 잡고
주름 펴다 티격태격

눈가주름 늘어나고
이불주름 펴지고

세월은 미어지는데
아무렴 초복쯤이야

－「부부」

  위의 시조는 극명하게 개성이 다른 두 사람이 만
나 티격태격하며 살아가는 부부의 모습을 보여준다.
푸들과 고양이, 트로트와 힙합의 관계처럼 취향이 각
각이다. 또, '보이는 건 못 보고 보이지 않는 건 보'고,
'여기는 한겨울 거기는 한여름'일 정도로 시선 방향
과 체감 온도도 극과 극이다. 만날 때마다 격하게 싸
우던 남녀가 결혼하는 경우가 많다. 상극相剋의 귀결
은 상생相生을 넘어 간합干合, 찰떡궁합이다. 다르기
에 균형이 잡히고 멀기에 다가갈 수 있다. 그들이 부
부로 '한 집에' '우주에' 같이 사는 이유도 그 티격태
격에 있다.

「부부」에서도 소소한 갈등을 애정으로 껴안는 모습을 보여준다. 오늘은 초복이다. 본격적인 여름이 오는 시기다. 그 무더위를 대비하려고 이불 빨래를 했다. '이불귀 마주 잡'은 것까지는 좋았다. 그러다 또 습관처럼 국지전이다. '이불 주름은 펴지'지만 우리 '눈가주름 늘어'나는 이 세월까지. 그런 상대를 쳐다보니 갑자기 미안하고 고맙다. 지나온 세월이 미어지게 북받친다. 힘들었던 지난날, 축적된 갈등의 세월이 눈 앞에 펼쳐진다. 싸우고 풀다가 미운 정 고운 정 다 들었다. 한평생이 적분되어 동행이라는 평균변화율이 나왔는데, 미분된 이 순간[초복]쯤이야 '아무렴'이다.

우리 지금 산책 갈까 웬 다정한 목소리?

현관에 먼저 나가 흔드는 저 꼬랑지

그렇군 그럼 그렇지

잠시 가슴 쿵 했잖아
　　　　　　　　　　　－「우리집 영 순위」

친정 온 딸내미 그냥 보내면 서운하다고
손 이끌어 도착한 어시장 좌판가게

"어무이" 정겨운 말투에
어제 산 갈치 또 사고
                                        −「도다리 쑥국」 첫수

'산책 갈까'하는 바깥양반의 말이 들린다. 귀를 의심한다. 이기(이게) 무슨 말이고? 이기 얼마만이고 하면서 김칫국부터 마신다. 설레는 가슴 억제하며 현관을 보니 강아지가 꼬리 흔들고 있다. '그렇군 그럼 그렇지', 인간이 언제 변하더냐. 실망과 분노가 치밀어 절로 입을 비쭉거린다. 우리집 영순위는 강아지다. 빤히 알면서도 만년 소녀의 심연에 파문이 일었다. 오늘따라 저놈의 꼬리가 참 얄밉고도 부럽다. 이런 장면이 시인 하수미를 여지없이 드러낸다. 그는 상황 파악이 빠르고, 상황 적응이 뛰어나다. 늘 대타적 관점을 우위에 두면서 상대를 이해하고 끌어안는다. 색동저고리로 상징되는 조선 여인의 성숙한 일면이 웃음으로 다가온다.
  「도다리 쑥국」 화자의 어머니는 친정 온 딸래미

에게 도다리쑥국을 해 먹여 보낼 심사다. 그래서 딸의 손을 잡고 어시장엘 간다. 좌판 가게에 가니 그 집 주인이 '어무이!'하고 부른다. 친자식 같은 그 목소리가 반갑다. 그래서 냅다 갈치를 산다. 어제도 샀으면서. 오늘은 도다리 사야 하는데 그 사실도 잊고서. 훈훈한 어시장의 시끌벅적한 모습들이 눈앞에서 펼쳐지는 것 같다. 대부분의 시집들이 고뇌로 가득하다. 그런 글들을 보다 하수미의 시조를 읽으면 맑고 밝고 곱고 재밌는 시심詩心에 편안해 진다.

5. 각행(覺行), 존재의 미학

물 틀고 세제 묻혀 헹구고 또 헹구지
반복되는 일상의 연속 손바닥도 닳는다
'저녁엔 또 뭘 해 먹지'
마음이 먼저 차린다

"건강한 맛도 물려요" 효심 담긴 하소연
집밥이 최고라는 신념을 내려놓는다
초인종 반가운 그 소리

설거지 없는 한 끼

—「배민」

물 한 잔 데우는 데 기다리는 시간 일 분
레인지 옆 토스터 그 옆에 커피메이커

너는 왜 동그랗게 생겼니
너는 왜 네모니

물어보고 답하고 상상하고도 남은 오십 초
언제 이렇게 진지해 본 적 있었나

차지도 뜨겁지도 않게
데워진 물 한 잔

—「일 분 철학」

　「배민」은 팬데믹(pandemic)이 가져온 비극을 희
화화 한 작품이다. 화자는 '집밥이 최고라는 신념'으
로 한평생 부엌을 지킨 여인, 우리 조선 땅의 평범한
어머니다. 매끼마다 '뭘 해 먹지' 하면서 '마음'으로
식단을 '먼저 차린다.' 그런 후 '물 틀고 세제 묻혀 헹
구고 또 헹구'는 행위를 매일 반복한다. 힘들지만 단

조로운 일의 반복에 쉬이 지친다. 손바닥은 닳았고, 주부습진은 덤이다. 그래도 이를 당연시했다. 그러다 코로나가 창궐하고, 외식은 불가다. 배달의 민족에게 배달配達이 온다. "건강한 맛도 물려요"라며 아이는 시켜 먹자고 한다. 집밥이 질린다는 하소연이다. 화자도 드디어 효심(?) 어린 그 말에 공감한다. '설거지 없는 한 끼'를 수 없이 소망했지만, 습관이 가로 막았다. 그런데 오늘은 최고의 날이다. 코로나가 주는 축복이다.

「일 분 철학」도 「배민」과 유사하다. 그 화자도 '내일도 도돌이표 노동/당신을 위해서라면', '불러도 들은 척 않고/일만 하는 노동자'(「로봇청소기」)였다. 누구의 아내고, 누구의 엄마로만 살아 왔다. 그런 여인이 자신의 이름을 되찾고, 물건을 부리는 주인이 되었다. 노동자 시절에는 매사 받아들이면 되었다. 그런 시간이라 길었다. 심리적으론 더 했다. 그래서 물어볼 필요도, 상상할 필요도, 진지할 필요도 없었다. 그런데 주체가 되어 바라보니 온통 호기심 천국이다. '너는 왜' 그렇게 생겼냐고 묻는다.

그 질문은 다시 화자 자신에게 되돌아온다. 너는 한 번이라도 네가 누군지를 진지하게 생각해 본 적

있느냐고. 그런 호사를 누리는데, 심오하고 진지한 질문과 상상을 하는데 10초도 걸리지 않는다. 아직 50초가 남았다. 일 분이 이렇게 길다니. 이 여유를 어쩌랴. 좀 있으니 기계는 원하는 결과물[적절하게 데워진 물]을 내놓는다. 그 옆의 전자레인지, 토스터, 커피메이커도 동그랗고 네모진 자태를 드러내며 자신들을 부려달라고 말하는 듯하다. 긴긴 기다림을 중시하던 옛 부엌이 인내력의 상징이라면, 전기 제품이 즐비한 싱크대는 여유로움 그 자체다. 그것이 '작은 건 가볍고 큼지막한 건 무겁다는/그 추측 세월'의 착각(「진실게임」)을 뒤집는다. '포장을 쭉 뜯어내야만' '민낯'이 드러나는 자본주의 시장의 실상을 직시하게 한다.

　　　새로 차린 운동센타 코로나에 망할라
　　　덩치 좋은 젊은 관장 길 위로 나섰다
　　　공손히 부탁하는 손엔 피트니스 전단지

　　　어둠은 짙어지고 귀가 걸음 빨라지고
　　　백지장도 맞들면 조금은 위로 될까
　　　손사래 얼른 거두고 손을 쭉 내민다
　　　　　　　　　　　　　　　　－「한 장 더 주세요」

이제 화자의 관심은 대사회적으로 확장된다. 「한 장 더 주세요」는 코로나로 망해가는 중소 가게들에 대한 안타까움이다. 새로 차렸으니 먼저 있던 점포가 망했음을 알 수 있다. 당연히 망한 이유는 코로나 때문이다. 망한 가게 위에 새 가게가 섰다. 잘못하면 망한 가게가 새 가게의 뿌리가 될 수도 있다. 그래서 젊은 관장은 직접 전단지를 들고 홍보한다. 직접 들고 다녀야 하니 그는 영세 상인이다. 그런데 어둠은 짙어지고, 귀가歸家 걸음은 빨라진다. 그런 행렬에 끼어 전단지를 뿌리면 거부감부터 앞선다. 화자도 처음엔 손사래 쳤다. 그러다 젊은 친구의 간절함에 공감한다. 백지장[전단지]도 같이 돌리면 '조금은 위로 될까'봐 '손을 쭉' 내밀어 「한 장 더 주세요」 한다. 어떤 환란도 이웃과 함께하고, 사회적 연대를 하면 희망이 됨을 토로한다. 내 안에서 밖으로, 집 안에서 사회로 가 있는 눈길이 보인다.

6. 독행(獨行), 페미니즘 미학

다 키얀 늦둥이 새살림 내보내고
인자고마 다했다 싶어 뱅기 타러 갔더니
갸아가 지문없다고 못드가게 하더라

맥이고 씻기고 치우기를 평생 했제
모두가 그랬으니 티낼 일도 아이제
자식도 모르는 일을 갸는 우찌 알았을꼬
        ─「자동출입국심사대」

트렁크에 갇힌 시간 여기가 어디더라

잠결에도 하는 질문 여기가 어디더라

한바퀴 돌아온 지구 여기가 어디더라
            ─「nomad의 잠꼬대」

늦둥이 결혼시켜 살림 내 보내고, 내 일을 다 했다
싶어서 여행길에 나선다. 비행기 타고 여한 없이 다
녀오려 했더니 '자동출입국심사대'에서 '지문없다고'
통과를 거부한다. 지문은 삶 그 자체다. 평생을, 자식을 위해 먹이고 씻기고 뒷바라지했다. 그때는 모두 그랬으니 '티를 낼 일도' 아니다. 「배민」의 화자처럼 손을 맨날 물에 넣고 살아서 손바닥이 닳았다. 그런데 지문까지 없어졌다니. 그 사실을 화자도, '자식도 모르는'데 기계 '가는 우찌 알았을꼬'한다.

　그 효도가 더 허망하다. 자기에 대한 무관심, 어버이에 대한 무관심을 기계[기술]가 보상해 준다. 첨단 시대의 첨단적인 비애다. 기계가 인간의 삶에 개입하면서 소외와 단절은 더 심해지고 있다. 화자는 되묻는다. 나는 누구이고, 나의 삶이 가족에게 무엇이고, 우리 세대의 의미는 무엇이었냐고. 그러나 그 말도 '갔더니', '하더라', '했제', '아이제' '우째 알았을꼬'라는 어조다. 심각한 상황을 완화, 객관화 시킨다. 특유의 복기復碁 시스템이 작동한다. '후회 없는 지금'(「복기하다」)을 만들기 위해서다. 그래서 그의 대처법은 틀림없이 긍정적이고, 틀림없이 이성적이고, 틀림없이 미래지향적이다.

　노매드(nomad)는 유목민이다. 요즘은 디지털 노매드, 철학적 노매드까지 등장했다. 세계 어디든 사무실로 이용할 수 있는 사람들이 디지털 노매드고, 다양한 가치관을 받아들이며 끊임없이 삶을 탐구하는 사람들이 철학적 노매드다. 다양한 나라와 도시를 여행하며 새로운 문화를 누리는 사람들도 여기에 속한다. 유목민 적 삶은 자유로움과 유연성과 다양성을 추구하고 첨단 기술에 크게 의존한다. 틀에 박히지 않고 살아가려는 현대인들의 자유로운 심성까지도 여기에 포함할 수 있다.

'트렁크'는 여행의 상징이다. 이동과 변화를 의미한다. 그래서 트렁크에 갇힌 시간은 이동 이전의 공간을 담은 시간이다. '갇혀'있기에 도착한 새 공간과 조우가 어색하다. 과거도 아니고 현재도 아닌, 저기도 아니고 여기도 아닌 어정쩡한 틈새다. 시간과 공간이 단절되고 모호해지는 상황이다. '잠결'은 이동 중에 무의식이 지배하는 시공이다. 한바퀴 돌아온 지구도 출발지에 다시 온 시간이다. 처음부터 끝까지 화자는 묻는다. '여기가 어디'냐고. 이 잠꼬대는 다채로운 체험이 혼란과 방황, 방향성 상실 등을 해결하지 못하고 있다는 고백이다. 역마살이 주는 불안감이 철학적인 질문으로 강조[중첩]되고 있다. 이들 화자에게 여행은 일차적으로 자아 찾기다.

가지런히 줄 세워진 벼포기 볼 때면

어김없이 떠오르는 아주 아주 오래된

"쌀 한 톨 버리지 말라" 던,
외할머니 노동요
                              ─「라이스 테라스」 첫 수

숨가쁘게 올라선 리스본 언덕길
벽돌지붕보다 더 붉은 낯익은 꽃송이
봄날은 가지에 매달려 가지도 못했네
                              ─「리스본 동백」 첫 수

　유목민의 삶, 떠돌이 생활의 정체성은 이국 풍경
과 태생적 유사성에서 생긴다. 「라이스 테라스」는 인
도네시아 발리섬에 있는 계단식 논이다. 가지런히 늘
어선 벼포기에서 "쌀 한 톨 버리지 말라"던 외할머니
의 목소리가 들린다. '할무이, 풍년이래요' 하며 손녀
는 답한다. 두 이질 공간이 벼로, 할머니 목소리도 하
나됨을 얻었다.
　「리스본 동백」에서도 '낯익은 꽃송이'가 낯선 도
시를 정서적으로 이어준다. 그래서 그 도시의 동백은
익숙한 아름다움이 된다. 어법상으로도 '가지에 매
달려 가지도 못했'던 봄날이 가지가지 운치를 불러서

일으킨다. 그것이 '일곱 시간 시차만큼 늦게 온 햇살에' 눈부시다. 이처럼 화자의 여행은 과거와 현재, 이 땅과 저 나라의 접점을 찾기다.

그러면서 화자는 점차 이국 속의 독락獨樂을 즐기려 한다. 「나 홀로 미고랭」에서는 인도네시아 전통 요리인 미고랭을 먹으며, 잡다한 생각을 만다린[귤]으로 순화한다. 그러고는 새로운 꽃자리로 떠나려 한다. 아이슬란드의 황금 폭포 「굴포스」에서는 '멍하니 살아낸 시간'이 '물안개에 젖는' 형상을 본다. '멍하니'는 '막연하게, 주체성 없이'라는 뜻이다. 권태롭고 무감각했던 과거다. 그것이 흐릿해져 간다. 젖는다는 현상은 치유되어 가는 과정이다. 그래서 여행은 한층 더 자기 정화와 자기 정립을 강화한다.

누구도 주목하지 않는 나 또한 투명하다
　　　　　　　　　　　－「피지 풍경」 2수 종장

그 누구 시선도 마다 않는 반라의 금발
파도도 피해가는 부르키니 알라의 후예
몰디브 푸른 물빛은 사람을 가리지 않아

보면 안되는 건 선글라스 너머 보고

듣지 말아야 할 건 이어폰 틈새로 듣지만
두 조각 비키니 걸치고 뛰어든 저 바다
—「나의 비키니」

'아빠도 아기만', '엄마도 아기만 보고' 그는 그녀
만 보고, 그녀는 그만 본다. 모두 자신이 보고 싶은
것을 본다. 지침 없는 시선은 자유고 해방이다. 이를
화자는 피지 해변 야자수까지도 투명하다고 한다. 그
래서 투명하단 말은 자기 방식대로 사는 모습이다.
화자도 이런 공간에 동화되어 덩달아 투명하다. 이러
한 자신감은 여성성 강화로 확장된다. 「나의 비키니」
는 비키니를 입은 여성과 부르키니를 입은 여성을 견
준다. '그 누구 시선도 마다치 않는 반라의 금발'과
'파도도 피해 가는 부르키니 알라의 후예'를 통해 서
로 다른 문화와 종교적 배경을 지닌 사람들이 어울리
는 공간을 보여준다.

부르키니Burkini는 부르카Burqa와 비키니Bikini
의 합성어다. 주로 이슬람 문화권의 여성들이 입는
전신 수영복이다. 보수적인 종교집단이지만 물놀이
나 수영을 즐길 수 있도록 만들었다. 몰디브 해변의
여인들은 각자 방식대로 논다. 자유분방하게 자신을

드러내는 반라의 금발들도 그렇다. 부르키니를 입고 있는 여성들도 그들대로 바다를 즐긴다. 그래서 몰디브 푸른 물빛은 평등의 상징이다. 어떤 인종도, 종교도, 다른 무엇도 시시거리가 아니다.

화자도 처음에는 '보면 안 되는 건 선글라스 너머 보고' '듣지 말아야 할 건 이어폰 틈새로' 들었다. 그러다 이를 걷어차고 '두 조각 비키니 걸치고' 바다에 뛰어든다. 비로소 자신을 억눌렀던 관습에서 벗어난다. 부르키니를 입은 것과 같았던 직전의 나를 거부하고 비키니로 갈아입었다. 이슬람 여성처럼 숨기고 살았던 자기 몸을 당당하게 드러낸다. 몰디브 바다는 의식적으로도 무의식적으로도 화자를 짓눌렀던 가부장 제도를 와해시켰다. 대신 인종, 계급, 성적 지향, 문화적 배경 등 다양성의 공존을 부각했다. 그런 깨달음이 자기 결정권을 강화하고, 스스로 삶을 선택하게 한다. 화자는 이렇게 페미니스트가 되었다. 그러나 그의 페미니즘은 지극히 온건하다. 「마담 아이다」에게 역사적 주체로서의 여성이길 주문하는 정도다. 이는 그가 교육자였다는 점과 상통한다. 동일시를 통해 유유상종類類相從, 동병상련同病相憐하려는 마음을 헤아릴 수 있다. 그러한 여성성의 극단에 '카르멘'(「

작약, 지다」)이 있다.

카르멘Carmen은 프랑스 작가 프로스페르 메리메(Prosper Mérimée)가 1845년에 발표한 중편 소설이다. 이를 조르주 비제Georges Bizet가 오페라로 각색해서 세계적 유명세를 탔다. 집시인 카르멘Carmen, 군인인 돈 호세Don José, 투우사인 에스카미요Escamillo 사이에서 벌어지는 사랑의 비극이다. 카르멘은 권위적이고 소유욕이 강한 호세를 견디지 못하고, 쾌남 에스카미요와 사랑에 빠지다 목숨을 잃는다. 하바네라Habanera는 카르멘이 부르는 아리아다. 원제목은 "L'amour est un oiseau rebelle" (사랑은 반항적인 새)다.

화자는 여행길에 카르멘 공연을 본다. 격정적인 붉은 의상을 입고 열창하는 카르멘에게서 눈을 떼지 못한다. 그러다 그녀의 종말, '일순간 칼끝에 찔려 스러'지는 모습에 작약을 겹친다. 작약은 모란과 비슷하나, 모란보다 작고 부드럽고 우아하다. 꽃말은 '수줍음, 수고로운, 행복한 사랑'이다. 풍성하고 화려해서 아름다움과 여성을 상징한다. 서양에서는 사랑과 결혼에 관련된 주제로 많이 나오고, 동양에서는 사랑, 아름다움, 덧없음을 표상한다. 어쩌면 카르멘의 삶은 이 세속의 계율을 훌훌 털고 한번쯤은 살고 싶은 여성들의 본능인지도 모른다. 실천 불가능하기에 공연으로 대리만족하고, 그 주인공에게서 눈을 뗄 수가 없었는지도 모른다.

7. 주행(周行), 조화의 미학

지구를 움직여 살살 속살 감추고
지구를 움직여 살살 속살 드러내고
억만 년 반복한 의식
지치지 않는 저 달

지구 위에 사는 건 달에게 미안한 일
지구 위에 사는 건 달에게 고마운 일
이까짓 반백 년 세월
길지 않아 다행이다

─「슈퍼문」

이 시조는 달과 지구의 관계를 통해 우주적 존재로서의 인간을 묻는다. 슈퍼문은 달이 지구와 가장

가까워졌을 때 보이는 커다란 달이다. 우주의 위대함과 오묘함을 동시에 드러낸다. 그런데 화자는 달이 '지구를 움직여' 연출을 한 결과물을 슈퍼문이라 한다. '살살 속살' '드러내고' '감추'게 조정하면서, 경건하게[의례] 억만년 넘게 해 왔다고 한다. 그러면서도 끊임없이 이어 온다고 한다. 화자는 그런 달님에게, 지구에 살아서 미안하다고 한다. 그 이유는 문명이라는 인위로 자연을 파괴하고, 그로 인해 우주 질서에 금이 가게 한 탓이라고 여긴다. 또 '달에' 고맙다고도 한다. 그 이유는 달의 힘으로 우리 삶이 주기성을 띠고, 질서를 유지할 수 있어서다. 그렇다 해도 지구상에서 일어나는 부끄런 일을 볼 수 있는 게 '반백 년 세월' 밖에 안 되기에 '다행'이라고 한다. 별들의 잔재가 지구 생명의 근원이다. 거꾸로 말하면 '티끌 하나에 온 우주가 들어있다.'[일미진중함시방一微塵中含十方] 이리 보나 저리 보나 결론은 같다. 이렇게 웅장한 상상력이 지상의 「봄맞이」로 응축된다.

동백꽃 숭어리
툭툭툭 떠나가고

진달래 꽃구두
통통통 걸어오고

아깽이 지 에미 잊고
가릉가릉 양지녘
－「봄맞이」

 이 시조는 경쾌하다. 겨울 가고 봄 오는 우주 마당
의 후줄근함과 나른함이 교차되고 있다. 행갈이를 하
지 않고 정격시조로 감상하면 진면목이 더 살아난다.

동백꽃 숭어리 툭툭툭 떠나가고
진달래 꽃구두 통통통 걸어오고
아깽이 지 에미 잊고 가릉가릉 양지녘

 이 시집의 수작을 꼽으라면 단연히 「봄맞이」다.
현대시조가 어떻게 가야 하는지를 단적으로 보여준
다. 시조의 맛과 멋은 단시조에 있고, 초·중·종장
의 완전한 영역이 서로 어떻게 어우러 져야 하는 가
를 깨닫게 한다. 이렇게 가벼운 터치로도 우주의 장
중한 흐름을 노래할 수 있음을 알려준다. 관념을 앞
세운 어설픈 철학 논쟁에서 시조가, 문학이 자유로울

수 있음도 증명한다.

초장과 중장의 '동백꽃'과 '진달래'가, '숭어리'와 '꽃구두'가, '툭툭툭'과 '통통통'이, '떠나가고'와 '걸어오고'가 대비를 이루고 있다. 명사의 대비, 부사의 성어의 대비, 동사의 대비가 멋들어진다. 숭어리는 '꽃이나 열매 따위가 굵게 모여 달린 덩어리'다. 무겁다. 그래서 바로 그 아래에 떨어진다. '툭툭툭' 무겁게 떠나가는 곳은 동백나무 뿌리, 땅속이다. 그 위로 진달래가 꽃구두를 신고 가벼운 걸음으로 통통통 걸어 온다. 그것은 삶과 죽음의 교차다. 이를 '원시반종 原始反終'이라 한다. 삶에서 죽음으로 죽음에서 삶으로 이어진다. 동백이 지고 진달래가 피고, 툭툭툭이 통통통이 되고, 가고 오는 일이다.

이 시의 정점은 종장, 아깽이에 있다. 아깽이는 아기 고양이다. 이놈이 양지바른 곳에서 따뜻한 햇살 받고 졸고 있다. 에미 찾을 생각도 않고, 겁도 없이 '가릉가릉' 소리를 내면서. 이보다 더 안온한 봄날이 어디 있으랴. 엘리엇은 이러한 계절을 '잔인한 달'이라 했다. 죽은 것들을 뚫고 새생명이 탄생하는 장면을 두고 한 말이다. 그 단면만 포착하면 멋드러진 성찰을 담은 구절인지 몰라도 우주의 연속성으로 살펴면 절로 그러함이다. 그래서 '그저 그러하다'. '가릉 가릉'은 '잔인한 달'을 한 순간에 지워버렸다. 가릉가 릉은 우주의 소리다. 「봄맞이」 새우주 맞이다. 특히 이 시조는 전후 상하 좌우 대비가 뛰어나다. 듣는 시 에서 보는 시, 읊는 시에서 생각하는 시의 모범 사례 가 될 수도 있다. 이 한 편으로도 『나 홀로 미고랭』은 넉넉하다.

(문학평론가)

나 홀로 미고랭

초판 1쇄인쇄 2025년 2월 13일
초판 1쇄발행   ′25년 2월 15일

저   자 하수미
발행인 박지연
발행처 도서출판 도화
등   록 2013년 11월 19일 제2013 - 000124호
주   소 서울시 송파구 중대로34길 9 - 3
전   화 02) 3012 - 1030
팩   스 02) 3012 - 1031
전자우편 dohwa1030@daum.net
인   쇄 유진보라

ISBN ∣ 979 - 11 - 92828 - 77 - 0 *03810
정가 10,000원

도화道化, fool는
고정적인 질서에 대한 익살맞은 비판자,
고정화된 사고의 틀을 해체한다는 뜻입니다.